Lee Aucoin, *Directora creativa*
Jamey Acosta, *Editora principal*
Heidi Fiedler, *Editora*
Producido y diseñado por
Denise Ryan & Associates
Ilustraciones © Jo Gershman
Traducido por Santiago Ochoa
Rachelle Cracchiolo, *Editora comercial*

Teacher Created Materials
5301 Oceanus Drive
Huntington Beach, CA 92649-1030
http://www.tcmpub.com
ISBN: 978-1-4807-4036-5

Printed in China 51497

El diario de la serpiente

por Amarillita

Escrito por Ella Clarke
Ilustrado por Jo Gershman

Enero

No hace mucho tiempo, salí de mi huevo en una hermosa mañana.

Mi hermano Reed y mi hermana Rose salieron el mismo día.

Reed y Rose son rojas y largas.

Yo soy corta y amarilla.

Me llamo Amarillita, y este es mi diario.

Febrero

Medía seis pulgadas cuando nací.

¡Mi papá me midió hoy, y he crecido!

Mi papá dice que seré tan larga como él.

Realmente quiero ser tan larga como todos en mi familia.

Marzo

Está sucediendo algo increíble.

Mis ojos se han vuelto azules porque estoy comenzado a cambiar de piel.

Mi mamá dice que un día seré verde como ella.

Realmente quiero que mi nueva piel sea verde.

Abril

Hoy corrí con Reed y Rose a la cima del árbol. ¡Gané!

Mi papá dice que debo de ser más rápida por ser corta y amarilla.

Realmente me gusta ser la más rápida de mi familia.

Mayo

Mis ojos se han vuelto azules de nuevo y toda mi piel cambió en un día. ¡Yupi!

Todavía soy amarilla. ¡Bah!

Mi mamá dice que el color amarillo es hermoso, como el de su panza amarilla. Realmente me encanta cuando mi mamá me hace sentir mejor.

Junio

He estado persiguiendo ranas en los árboles.

Me escondo entre las hojas y las asusto.

Mi papá dice que ser corta y amarilla me ayuda a esconderme.

¡Realmente me gusta asustar ranas!

Julio

He vuelto a cambiar de piel. ¡Sigo siendo amarilla y no he crecido desde junio!

Reed y Rose han comenzado a volverse verdes.

Dicen que siempre seré pequeña y amarilla.

Me siento triste cuando Reed y Rose me molestan.

Agosto

Todos los días estoy haciendo ejercicios de estiramiento.

¡Mi papá dice que están funcionando porque he crecido mucho!

Ahora me siento realmente larga.

Septiembre

He vuelto a cambiar de piel y sigo siendo amarilla, pero he crecido.

Mi mamá cree ver un poco de verde en mi frente.

Creo que siempre seré amarilla.

Octubre

He estado holgazaneando, comiendo y creciendo mucho.

Reed y Rose dicen que es divertido enrollarse en la rama de un árbol.

Realmente me gusta estar con Reed y Rose.

Noviembre

He vuelto a cambiar de piel y,
¿adivinen qué?

¡Por fin soy verde!

Mi familia dice que me veo genial.

Creo que me veo increíble.

Diciembre

Me encanta ser grande y verde.

Ahora soy larga como todos en mi familia.

Y aunque soy grande y verde, siempre seré Amarillita.